PETIT RECUEIL

DE VERS FRANÇOIS

ET DE VERS LATINS,

Frappés depuis et pour notre Révolution Philosophique ;

Par J. P. DAÇARQ, octogénaire, ci-devant Professeur de Langüe et de belles-Lettres françoise à l'École R. Militaire ; des Académies d'Arras, de la Rochelle, de Florence, de la Société Littéraire de Dunkerque, Instituteur républicain, et maintenant Juge au Tribunal Civil et Criminel du Département du Pas-de-Calais.

PROSPECTUS.

1°. Hymne à la gloire du vrai Dieu, qui n'est pas le Dieu du Roman Sacerdotal.

2°. Bienfaisante trinité des Républicains, la Liberté, l'Egalité, la Fraternité.

3°. Dévouement à la Raison, le seul ange-gardien que les Républicains reconnoissent.

4°. Les Vœux d'un Républicain qui l'est véritablement.

5°. L'Instruction fondamentale d'un peuple libre.

6°. César et Pompée, dizain sentimental.

7°. Sigaléon, Suada.

8°. Dialogue intéressant d'un Mort noble avec un Mort roturier.

9°. Portrait fidèle du Saltinbanque le plus révoltant, d'un ex-Prêtre, ex-Député, de l'homme le plus indigne de son nom.

A

10°. Les Terroristes Triumvirs.

11°. Les Royalistes effrontés, les Emigrés.

12°. Le Républicanisme, Tableau parlant.

13°. Le Poëte Théophile ridiculisant deux Aristocrates infatués de leur excellence respective.

Voilà les sujets entrant dans la composition du petit Recueil qui contient cinq cent cinq Vers, et où Calliope s'est proposé d'aller toujours de concert avec Minerve, pour faire concorder l'accessoire avec l'essentiel, en joignant l'utile à l'agréable : l'utile, c'est-à-dire, l'accroissement du sincère patriotisme, objet capital auquel l'Auteur sera charmé de contribuer efficacement par ses écrits et par ses exemples. On trouvera sa triple profession de foi *Théolatrique*, de foi *Didactique*, de foi *Civique*, consignée dans *l'Hymne*, dans *l'Instruction fondamentale*, dans le *Républicanisme*, comme on trouvera aussi ses *Vœux* dans *ceux d'un Républicain* qui l'est véritablement.

La Langue Latine et la Langue Françoise étant la mère et la fille, la Muse a cru devoir marier les sons énergiques de la mère avec les sons mélodieux de la fille, pour célébrer dignement notre triomphe sur le Despotisme, monstre pernicieux résultant du Royalisme et du Druïdisme combinés dans la criminelle intention d'opprimer conjointement sous leur domination tyrannique l'espèce humaine toute entière.

Cette double oppression ne fera point gémir notre jeunesse à laquelle le Gouvernement aura soin de faire donner la meilleure Education possible, ayant pour base la *Logique*, la *Morale*, la *Grammaire* et la *Réthorique*, comme l'indique l'article 5 de ce petit Recueil propre à exercer avec fruit le jugement et la mémoire des Elèves, tant des Ecoles Primaires que des Ecoles Centrales, des Elèves de celles-ci surtout déjà initiés dans les mystères de la Poësie Françoise et de la Poësie Latine, de la Metro-téchnie en général.

———————

Sunt mediocria, sunt quædam bona, sunt mala nulla,
  Quid jubeat ratio carmina cuncta monent.

HYMNE

A LA GLOIRE DU VRAI DIEU,

Qui n'est pas le Dieu du Roman Sacerdotal.

» Loin de rien décider de cet être suprême,
» Gardons, en l'adorant, un silence profond,
» Le mystère est immense, et l'esprit s'y confond,
» Pour dire ce qu'il est, il faut être lui-même.
De la terre et des cieux ce Maître souverain,
Nous sçavons, c'est affez, nous sentons qu'il existe,
Et que chacun de nous, en lui, par lui subsiste,
Il est notre principe, il est notre soutien,
Être justes, l'aimer, voilà notre *vrai bien;*
Tout le reste est erreur, tout le reste n'est rien.
Éternel, pour tribut de ma reconnoissance
Accepte l'humble aveu de ma franche ignorance.

Traduction.

Supremum esse Deum reor, illum et mutus adoro,
Quot dotes habeat vel quales quærere nolim,
Arcanum immane ingenio sublimius extat,
Quid sit enim numen queat unum dicere numen.
Hunc summum cœli ac terræ dominum atque magistrum
Scimus, et hoc nobis satis est, existere scimus,
Sentimus quoque nos per *eum* et subsistere in *illo,*
Ille et principium nostrum, tutelaque nostra est,
Diligo justitiam, atque *Deum,* hæc, hæc sunt bona vera,

Cætera sunt error merus, omnia cætera sunt nil.
Me fateor, numen, fateor paucissima scire,
Hæcque tibi mea sit confessio grata, peropto.

BIENFAISANTE TRINITÉ DES RÉPUBLICAINS;
La Liberté, l'Égalité, la Fraternité.

INVOCATION DE LA LIBERTÉ,

Puissé-je voir bien-tôt, Liberté que j'adore,
Ton triomphe complet! puissé-je voir encore
Le dernier des tyrans à son dernier soupir!
Moi-seul en être cause, et mourir de plaisir!

Traduction.

Quando erit ut possis pleno gaudere triumpho,
Libertas, mea diva! tyrannum cernere possim
Quando erit, extremum mutantem cum nece vitam!
Per me unum pereat modo, gaudens deinde peribo.

INVOCATION DE L'ÉGALITÉ.

Détestables fléaux du Républicanisme,
Ambition superbe, arrogant égoïsme,
Rentrez dans le néant devant la déité
Qui nous nivelle tous, vive l'Égalité!

Traduction.

Ambitio demens, et tu demens egoïsme,
Barbara flagra rei communis, flagra nefanda,
Tentatis frustra, in nihilum redeatis oportet,
Sic dea vult quæ nos æquales usque tuetur.

INVOCATION DE LA FRATERNITÉ.

Être dans tous les cas, l'un de l'autre l'appui,
Dans tous les cas trouver un soi-même en autrui,
Douce Fraternité, fais que cet avantage
De chaque individu devienne le partage,
Que chacun, dans son cœur, te construise un autel !
Culte, s'il en est un, digne de l'Immortel,
Tu ne peux qu'approuver nos vœux, Être suprême,
Nous ne les produisons qu'inspirés par toi-même,
Tous ils nous sont dictés par la seule raison,
De tes bontés pour nous, le précieux don.

Traduction.

Sit semper tutela et præsidium unius alter,
Seipsum alium extrà se semper vir cernere possit,
O dulcis deitas fraterno à nomine dicta,
Hæc duo fac hominem sustentent commoda quemque,
Quisque suo in gremio, deitas, tibi suscitet aram,
Cultus, si quis inest, foret hic de numine dignus.
Nostra probanda tibi, numen, sunt omnia vota,
A te, fonte suo, manant cuncta atque oriuntur,
Omnia dictantur nobis solâ ratione
Quâ melius nullum est inter tua munera donum.

DÉVOUEMENT A LA RAISON,
Le seul ange-gardien que les Républicains reconnoissent.

A bas, faux préjugés, *la Raison, la Raison,*
Que sans cesse elle soit le chef de la maison,
Elle est vers le bonheur notre fidèle guide,

Où la Raison n'est pas, l'esclavage y réside,
La Raison nous rend tous frères, libres, égaux,
Et nous met au-dessus des autres animaux.
Écoutons ses conseils pour que notre conduite
Soit de ses motions la glorieuse suite.
Nous nous vouons à toi, Raison, flambeau divin,
Pour nous mener au vrai, montre-nous le chemin,
A ta direction chacun de nous se livre,
Nous devons, nous pouvons, et nous voulons te suivre.

Traduction.

Tu Ratio, sta, judicia ast vos falsa, valete,
Usque domi *Ratio* sit *tutrix*, usque *magistra*
Nos ducé constanter dulci Ratione beamur,
Illam, ubi sunt servi, non unquam juveneris, illic,
Ingenuos, fratres, æquales nos facit illa,
Illaque sub nobis animantia cætera ponit.
Consilia illius nos auscultemus oportet,
Regula erit sic et nostrorum gloria morum.
Nos moveas, Ratio, tu fax divina, precamur,
Pande viam tutam verum quæ tendat ad unum,
Quisque tuos gressus sectando est ire paratus,
Debemus, volumusque sequi te, et possumus omnes.

LES VŒUX D'UN RÉPUBLICAIN
Qui l'est véritablement.

En vrai Républicain, tout ce que je desire,
C'est que chacun de nous, sans mentir, puisse dire:
De tout mon cœur je plains qui n'est bon que pour soi,

Le *plaisir* d'obliger est un *besoin* pour moi,
Ce *doux* besoin m'attache à ce plaisir *suprême*,
Quand je *fais* un heureux, je *suis* heureux moi-même;

Traduction.

O utinam non sit nobis ex omnibus unus
Qui nequeat verè talem usurpare loquelam !
Hujus ego doleo toto de pectore sortem
Qui non respiciens alios bonus est sibi soli.
Est mihi opus valdè miseros relevare, trahit me
Dulce opus hoc ad se, estque mihi suprema voluptas,
Felicem et quando facio, fio ipse beatus,
Vota hæc magnanimo civi Respublica dictat.

L'INSTRUCTION FONDAMENTALE

D'UN PEUPLE LIBRE,

Qui dans toutes ses subdivisions a un besoin indispen-
sable de raisonner avec justesse, d'agir avec droiture, de
parler avec clarté, et de persuader avec énergie.

Morale, mais d'abord *Logique*,
Puis *Grammaire* avec *Rhétorique*,
Nous devons embrasser ces rameaux différents
Qui servent à changer en *hommes* les *enfans*,
Et pour anéantir aussi tous les tyrans.
Vive la Liberté ! Vive notre Patrie !
En frères, défendons cette mère chérie.

Voilà le *Prospectus* de notre petit Ouvrage tout entier.

Traduction.

Principium à *Logicá*, veniat mox *ethica*, deinde
Grammaticusque simul, Rhetoricusque labor.
Debemus ramos varios amplectier istos
E puero hinc dabitur condere posse virum,
Rectoresque feros tradere posse neci
Libertas, cara et genitrix Respublica vivant!
Servire ut fratres nos juvet huic et ei!

    Prospectum ecce tibi nostræ totius opellæ.

—————

L'art qui fait découvrir sans ambiguité
Les sources de l'erreur et de la vérité,
Celles-là pour les fuir, celles-ci pour les suivre,
Cet art mérite bien la peine qu'on s'y livre.

    Voilà la *Logique*, qui fait saisir les choses telles qu'elles sont
en elles-mêmes.

Traduction.

Ars per quam juvenes minimâ sine nube docemur,
Diversos falsi ac veri discernere fontes,
Hos ut sectemur semper, fugiamus et illos,
Ars illa est nostro certè dignissima cultu,
Ecce tibi Logicam resut sunt quâ duce carpas.

—————

A nul autre ne fais, ce que tu ne veux pas
    Qu'il te soit fait en aucun cas,
    Il faut s'*abstenir*, il faut *faire*;
Nos mœurs doivent avoir ce double caractère;

Que chacun fasse donc en tout temps pour autrui
    Ce qu'il voudroit qu'on fît pour lui :
    Tout est compris dans l'exercice
    De la seule exacte justice.

Voilà la Morale qui conduit tous les hommes au vrai bonheur par le motif le plus puissant, l'intérêt personnel.

Traduction.

Quod nunquam fieri tibi vis, ne feceris ulli,
Abstineas primò, facias tu *deindè*, necesse est
Hac duplici mores nostri de dote fruantur ;
Jugiter ergo aliis fac quod facerent tibi velles,
Omnia justitiæ solius continet usus ,

En tibi quâ felix evadas regula morum.

Des verbes, des pronoms, des noms les désinences
Que l'on doit varier selon les circonstances,
Concordance, régime avec brièveté,
Mais netteté sur-tout, netteté, netteté.

Voilà la Grammaire qui manifeste et qui développe les pensées de tous les genres.

Traduction.

Nomina continuò, nec non pronomina, verba
Flectere oportebit quando positura requiret,
Sermo brevis, rectus, concors, ante omnia sermo
Perspicuus mihi, *perspicuus* tibi, *perspicuus* sit.

En tibi Grammaticam quæ promit cætera cuncta.

B

N'ayant que du mépris pour tout Charlatanisme,
Sans jamais écouter l'orgueilleux égoïsme,
Offrons dans nos discours utiles et pressants
Plus de fruits que de fleurs, moins de mots que de sens.

Voilà la Rhétorique qui orne et qui décore toutes les manifestations et tous les dévoloppements de la Grammaire.

Traduction.

Temnamus vocum nugas, phalerasque egoïsmi,
Scurrantùm procul hinc esto jactantia vilis,
Utilis, ac pariter stringens oratio nostra
Fructibus et flores submittat, verbaque rebus.

En tibi Rhetoricen quæ cætera cuncta perornat
Ad verum tendens et miscens utile dulci.
His disciplinis debetetur nostra juventus,
His nostram libertatem usque tuebitur illa,
His res communis melior fiet, meliorque.

CÉSAR ET POMPÉE,

DIZAIN SENTIMENTAL.

César ne vouloit point d'égal,
C'étoit un arrogant phantome ;
Pompée étoit un très-grand homme,
Il dédaignoit d'être vassal.
Frères Républicains, dégaînons nos épées,
Combattons l'arrogance, et soyons des Pompées ;
Pourvu que nous restions étroitement unis,
Des Césars les forfaits, par nous seront punis.

Périsse des tyrans la horde despotique !
Vive la Liberté ! Vive la République !

Traduction.

Subjectos tibi mortales cùm diceret omnes,
Insanus, spectrum futile, Cæsar erat.
Mortales inter Pompeius summus erat vir,
Ingenuus voluit neminis esse cliens.
Libera gens, totidem Pompeii simus, et arma
Sumamus, nostro et spectra sub ense cadant.
Publica res vivat, rumpatur Cæsareus grex,
Concordes stemus dùmmodò sic et erit.
Tota tyrannorum sævissima turma cremetur,
Nostraque fraterno pectora amore flagrent.

SIGALÉON, SUADA,

Sigaléon, Suada sont deux Divinités,
Voici leurs traits divers et leurs propriétés.
Le premier, toujours grave, est le Dieu du silence,
L'autre riant, par fois préside à l'éloquence.
Il nous dit, *parler trop est un des grands défauts,*
Elle nous dit, *parlez, mais parlez à propos.*
De-là nous conclurons qu'il est très-nécessaire
Et d'apprendre *à parler*, et d'apprendre *à se taire.*
Heureux tous ceux à qui la nature accorda
Le don de contenter Sigaléon, Suada,
En ne parlant que peu, mais avec harmonie.
D'après ce que prescrit leur différent génie,

B ij

Traduction.

Suada et Sigaleo faciunt duo numina quorum
Et proprias et dissimiles hic cernite dotes.
Alterius juri secura silentia parent,
Flexanima alterius paret facundia juri.
Garrulitas est de vitiis majoribus unum,
Serius usque Deus dicit, verum Dea ridens
Exclamat : *loquitor,* tamen *opportuna loquaris.*
Hinc nos edocti sic concludemus, oportet
Ut benè discatur dicendi ars, arsque silendi.
Felices quibus alma dedit natura placere
Harpocrati simul et Suadelæ tempore in omni
Fundendo parcè voces et verba decenter
Ut jubet illorum bona, sed diversa voluntas.

DIALOGUE INTÉRESSANT

D'un Mort noble avec un Mort roturier.

» Je songeai cette nuit, que de mal consumé,
» Côte à côte d'un Pauvre, on m'avoit inhumé,
» Et que n'en pouvant plus souffrir le voisinage,
» En mort de qualité, je lui tins ce langage.
» Retire-toi, Coquin, va pourrir loin d'ici ;
» Il ne t'appartient pas de m'approcher ainsi.
» Coquin, ce me dit-il, d'une arrogance extrême,
» Va chercher tes Coquins ailleurs, Coquin toi-même ;
» Nous sommes tous égaux, et je ne te dois rien,
» Je suis sur mon fumier, comme toi sur le tien.

Traduction.

Me nocte extrema morbo periisse putabam,
Et juxtà tumulum Pauperis esse meum.
Hunc me vicinum valdè indignatus habere,
Mortuus insignis talia verba dedi :
Hinc Apage, o Nebulo, fuge, debita vermibus esca,
Hinc fugias citiùs, te prope me esse nefas ;
Respondet, Nebulo potiùs tu, audentior ille,
Quære tibi similes, quære alibi socios,
Debemus tibi nil, æquales nos sumus omnes,
Me tenet hic stercus, te quoque stercus habet.

PORTRAIT FIDÈLE

DU SALTINBANQUE LE PLUS RÉVOLTANT,

*D'un ex-Prêtre, ex-Député, de l'Homme le plus indigne
de son nom.*

Du Coquin le plus vil, l'ex-Député *Lebon*,
La Guillotine vient de nous faire raison.
Quand tu nous délivras de *Chabot*, de *Custine*,
Nous t'applaudîmes tous, puissante Guillotine,
Lebon seul l'emportoit sur ces deux scélérats :
Périsse, en ce moment qui ne t'applaudit pas.
Mandataire infidèle, abominable Prêtre,
Sous le titre odieux du plus perfide traître,
Parmi nos descendans ton nom sera cité,
Et tu fairas horreur à la postérité.

Elle dira, *Lebon*, du Tyran l'émissaire,
Dévasta sa patrie en bourreau sanguinaire;
Plus Séjan que Séjan, plus Néron que Néron,
Voilà, voilà quel fut l'affreux Joseph *Lebon*.
C'étoit un pantomime, un fourbe, un phrénétique,
C'est un monstre de moins dans nôtre République;
Un monstre furibond par ses brutaux exploits,
Fait pour servir d'exemple aux plus féroces Rois.
Ce sanglier puant qui vivoit dans la boue,
On l'auroit fait jadis expirer sur la roue !
Muse, ne parlons plus de l'immonde animal,
Ce seroit l'honorer que d'en dire du mal;
Détestons ses forfaits et gardons le silence,
Mais félicitons-nous de son inéxistence.

Traduction.

O *Bone*, tale cui concessum tam malè nomen,
O Nebulo, visus quo non est vilior alter,
Ergo obtruncavit te Guillottina securis !
Quando Chabottum tu, Custinamque necasti,
Omnes gavisi sumus, et tibi plausimus omnes.
Plaudere in hac horâ tibi si quis forte recuset,
Est dignus certè, dignissimus ille perire.
Præfuit ambobus monstris facilè *Bonus* unus,
Quisque tibi plaudat nunc, justa securis, oportet.
Lator et infractor legum audax, dire Sacerdos,
Posteritas nomenque tuum, ac tua perfida facta
Excutiens, odio per te merito bene semper
Te premet, atque tuos manes vexare studebit.
Sæva sui *Bonus* efficiens mandata tyranni,

Impurus Lanius nans usque in sanguine puro
Viscera maternæ Patriæ sanctissima rupit
Pejor Sejano, atque Nerone Neroniot ipso.
Talis erat, talis semper Joseph *Bonus* ille.
O *Bone*, sic de te, sic omnia sæcla loquentur.
Te mimum pingent furiis actum, atque dolosum.
Nos inter numerus Monstrorum fit minor uno,
Ingenio ast erat hoc unum; et furialibus actis
Tretris exemplar formandis regibus ortum.
Musa, sat immundo de porco, dicere plura
Nolueris, quidquid dicas decoraveris illum;
Tempore præterito mutavisset cruce in altâ
Hic cænosus aper maleolens cum funere vitam.
Illum aversemur, scelus est, vocemque premendo
Felices nos credamus, quod vixerit, esse.

LES TERRORISTES TRIUMVIRS.

Triumvirs imposteurs qui singeoient les vertus,
Robespierre, Saint-Just, Couthon sont abbattus;
On te vèxe, on t'en veut, naissante République,
Tu vaincras, l'Éternel en ta faveur s'explique.
Libre, il nous créa tous libres ainsi que lui,
Notre cause est la sienne, il nous doit son appui;
Au dehors il nous va délivrer de nos guerres,
Et dans l'intérieur des tyrans Robespierres:
Tous ne sont pas éteints, il nous en reste encor,
Dans ce qui brille, on voit plus de clinquant que d'or.
Le clinquant dont on parle, est celui du Civisme;

Ce voile mensonger du sordide égoïsme.
Très-suffisant Saint-Just, très-superbe Couthon,
Très-bavard Robespierre, avec ta Légion
De filles sans pudeur, de femmes automates,
De concert quelque temps tous trois vous dominâtes,
N'ayant entre vous trois qu'un esprit et qu'un cœur,
Vous aviez pour soutien la barbare terreur.
Quel étoit votre but, vil trio d'égoïstes
Qui paroissiez vouloir faire les publicistes?
De nous atteller tous à votre triple char,
Chacun de vous croyant qu'il deviendroit César.
On vous suivit de près, on découvrit vos trames,
Et l'on fit avorter tous vos projets infames.
Nos uniques Césars seront toujours nos Loix
Qui parmi nous se font d'une commune voix,
Et qui, se proposant l'utilité commune,
Favorisent toujours la publique fortune.
Qu'ils aillent loin de nous tous les Triumvirats
Le plus souvent régis par de francs scélérats
Tels que nos trois frippons, à la trompeuse mine;
Qu'a détruits en trois coups la juste Guillottine.

Traduction.

Virtutum simulatores cecidere viri tres,
Sanjustus nugax, Coutho, Robbesque petræus,
Jam noti quasi simius unus, et alter, et alter.
Oderunt te, te vexant, Respublica nascens,
Ne timeas, vinces, namque est tibi numen amicum.
Ingenuus nos ingenuos formavit olympus.
Ille et tu pariter causam sectamini eamdem,

Idcircò ille tibi auxilium præbere tenetur;
Idcircò mox gaudebit tua causa triumpho.
Ille tuos hostes extra cæsurus et intra
Dextra triumque viros, illorumque acta probantes,
Sternere nostra queat, cunctos et frangat ad unum!
Non sunt extincti cuncti, est pars magna superstes.
Ne fallat mendax egoïsmi larva caveto,
Quamquam aurum simulet, non est, quidquid micat,
    aurum.
Civem sæpe lupum invenias sub veste leonis,
Patranti credas, nimiùm ne crede loquenti.
Tu, Sanjuste loquax, dicas, dic tu quoque Coutho,
Ambo linguaces, fatui, Robbesque petree,
Quo nunquam, aut rarò est visus verbosior alter,
Quem grex femineus semper comitare solebat,
Ingenio orbatus grex, orbatusque pudore;
Sed tibi dicturo in suggestu plaudere promptus,
Vos tres dotati mente unâ, pectore et uno
Per quoddam tempus concordes jura dedistis,
Terror erat vestrum robur, tutelaque vestra,
Qui fingebatis nostram curare salutem,
Quò tendebatis tumidi, vilesque Egoïstæ.
Mens erat ad triplicem vestrum nos jungere currum,
Munere quisque putans se dignum Cæsaris esse.
Exploratores vestigia vestra secuti
Consilia occulta invenerunt, ac sine nube
Monstrarunt, vestra et luserunt impia vota.
Est, et erit nobis solus, lex unica, Cæsar,
Lex quam nos nobis communi voce creamus,

                       C

Legis honoratæ utilitas est publica finis
Non perpaucorum, sed publica commoda ducens
Hinc procul esto trium conjunctio quæque virorum,
Per totidem plerumque homines directa scelestos
Sicuti erant nostri nebulones fronte dolosâ
Quos æquus Lanius *tres* per *tres* sustulit ictus.

LES ROYALISTES EFFRONTÉS,

LES ÉMIGRÉS.

Miliciens, Robins, Paladins, Calotins,
Esclaves méprisés, automates pantins,
Perfides déserteurs, émigrés phrénétiques,
Que sont donc devenus vos projet phantastiques?
Par le jadis *Monsieur*, ce très-petit géant,
Conduits, vous nous deviez venir mettre au néant!
Et nous sommes vainqueurs, et dans l'ignominie
Vils poltrons, vous menez une mourante vie.
Donnez-vous le trépas, mais non, vous n'oserez;
Lâches jusqu'à présent, toujours vous le serez.
Tu les fairas périr, rigoureuse famine,
Ou bien ce sera, toi, rigide Guillottine !
Ils ont bien mérité de tomber sous vos coups,
Ces animaux gloutons, ces sangliers, ces loups,
Dont depuis si long-temps l'obscène intempérance
Dévoroit le produit des trois quarts de la France.

Ce genre de mortels, si fier, quoiqu'hébété,
Aux dépens du public n'a que trop végété.
Le fer qu'entre leurs mains a mis leur barbarie,
Auroit voulu percer le sein de leur Patrie,
Dépourvus de courage ils n'ont fait que du bruit,
De leur atrocité l'opprobre est le seul fruit,
L'opprobre! c'est trop peu, de leurs monstrueux crimes,
La justice l'exige, ils seront les victimes;
Des anti-Citoyens tel doit être le sort,
Assassins de leur mère, iis sont dûs à la mort.
Ils voudroient qu'au plutôt la France toute entière,
Où naquit chacun d'eux, ne fût qu'un Cimetière.
De leur absurde orgueil, vient leur perdition,
Ils ne méritent point notre compassion.

Traduction.

Militiæque, Togæque Statim, dein Regiæ et aræ,
Automata, ac servi contempti, natio vilis,
O desertorum insipiens et perfida turma,
Dicite; quæ vos migrantes dementia cepit,
Vestraque quò tandem phantastica vota abiere?
Audacem per eum, vos, exiguumque gigantem
Quem *Dominum* quondam unusquisque vocare solebat,
Omnes clamastis missum iri funera nobis.
At nos victores sumus, at vos vita molestat
Turpiter infamis, moriens quam vivitis usque.
Efficite ut vobis nunc finiat omnia lethum.
Vos hortor frustra, non, non audebitis illud,

Hactenus imbelles, vecordes usque futuri.
Sæva fames, his tu sis aspera mortis alumna,
Hos aut obtrunces tu, Guillottina securis!
Sunt digni pereant qui vestris ictibus omnes
Luxcones hi, quot quot sunt, aprique, lupique.
Luxuries horum nunquam contenta vorabat
Ultra dimidium fructus quos gallica tellus
Omnibus è gremio producit divite gallis.
Hæc hominum species fruges consumere nata,
Sumptibus hæc nostris satis et nimium vegetavit.
Quæ dedit arma furor, voluissent illa cruore
Civili tingi, Patriamque evertere totam.
Defuit ast animus; vanis clamoribus auræ
Personuere, manet pro fructu dedecus omni.
Dedecus, ac æterna infamia non satis essent,
Victima erit scelerum dirorum quisque suorum,
Civibus infidis contingere sors ea debet,
Debetur morti, perimit quisquis nece matrem.
Tota sepulcretum fieret citò Gallia vellent,
Gallia ubi venere omnes sub luminis auras,
Illis exitium sua dura superbia donat,
Illis qua propter mireratio nostra neganda est.

LE RÉPUBLICANISME,

Tableau parlant.

Soyons vrais, évitons toute tournure oblique,
Des *Mœurs*, de *franches Mœurs*, voilà la République ;
En abrégé voilà la Constitution
Qui faira le bonheur de notre Nation.
Foulons, foulons aux pieds l'atroce Royalisme,
Et n'épargnons pas plus le fougueux Druïdisme :
Ils eurent le secret de nous aveugler tous,
Pour nous mieux enchaîner, ils nous rendirent mous ;
La Raison s'endormit, l'un et l'autre s'accrurent,
La Raison s'éveilla , tous les deux disparurent.
Banni soit de la France à jamais sans retour
Du Despotisme affreux le dévorant vautour !
Pour toujours au néant les deux castes de traîtres
Qui nous nuisoient le plus, les *Nobles* et les *Prêtres !*
Debout ! rompons tout pacte avec l'oisiveté !
Sois notre passion, laboriosité !
Que pour nous du plaisir le travail soit le père,
Des purs Républicains tel est le caractère ;
Justes, pieux, doués de vertus et de mœurs,
Ils ne se bornent pas à jetter des clameurs,
Jamais dans leur conduite on ne voit rien d'extrême,
Ils parlent, quand il faut, ils agissent de même ;
Toujours avec candeur, toujours de bonne foi,

Toujours spontanément esclaves de la Loi,
Glorieux, fiers, ravis de cette servitude,
Toute autre n'est pour eux qu'infâme turpitude.
Sur ce tableau sont peints les François d'aujourd'hui,
A qui la raison sert et de guide et d'appui.
Saisi d'étonnement, l'univers nous contemple,
Puissions-nous l'engager à suivre notre exemple!
En devenant paisible, il deviendroit heureux,
Tous les hommes seroient frères et généreux.
Nous étions avilis, nous étions des esclaves,
Louis seize n'est plus, nous n'avons plus d'entraves:
De nos calamités, de nos plus grands malheurs
Nos Rois dans tous les temps furent les seuls auteurs.
De nos maux parmi nous cette source est tarie,
Vive la Liberté! Vive Mère-Patrie!

Traduction.

Simus veridici, ambages fugiamus et omnes,
Mores, ingenui mores, hi *Publica res* sunt,
Hæc est in summâ nostræ instauratio gentis
Quæ nos felices reddet, nostrosque nepotes.
Atroces Regalismum, nec non Druidismum
Sub pedibus nostris isthæc duo monstra teramus,
Excæcavernnt nos omnes arte nefandâ,
Fecere et molles melius quo deindè ligarent.
Succubuit somno Ratio, concrevit uterque,
Excussit Ratio somnum; atque utrumque fugavit.
Hinc in perpetuum, hinc fugiat depulsa tyrannis,

Quæ prædam quasi nos lacerabat vulturis instar,
Despotismus edax undè infortunia manant;
Nobilium stirps, ac mystarum perfida non sit,
Utraque prodebat nos, utraque maxima pestis.
Surgamus, fratres, atque otia rara sequamur;
Sit studium nostrum fæcundi cura laboris,
Illius ét felix sit filia nostra voluptas,
Ingenuos semper cives hæc signa notarunt
Moribus atque piæ claros virtutis amore.
Non satis est illis voces diffundere in auras,
Vivunt extremum quin dilabantur in ullum,
Semper agunt, dicunt semper, cùm res ita poscit,
Candor inest illis semper, sincerus et ardor,
Sponte suâ semper legi servire paratis,
Hoc servire sibi decori, laudi sibi ducunt,
Sed servire aliter sibi dedecus esse putarent.
Depingit Gallos hodiernos ista tabella,
Hos Gallos quibus est ratio tutelaque, duxque.
Attonitus nos terrarum circumspicit orbis,
Æmulus esse velit noster jam nos imitando,
Et dulcem bello pacem præponere malit,
Sic erimus totidem fratrum generosa propago.
Omnes despecti fuimus, servûm pecus omnes,
Nex demici-sexti Lodoici justa catenas
Abrupit nostras, regum diversa libido
Nostrorum semper fuit unica causa malorum.
Non erit ulteriùs *fons* qui mala nostra creabat
Libertas, patria et genitrix carissima vivant!

LE POÉTE THÉOPHILE

Ridiculisant *deux Aristocrates* infatués de leur excellence respective, le *Duc d'Usez* qui lui promettoit *altièrement* de le *porter* en toute occasion, et *Madame de*... qui le prioit *impérativement* de la mettre en parallèle avec l'Astre du jour.

INPROMPTU AU DUC D'USEZ.

Monseigneur, je vous remercie,
'Tant d'honneur je n'ai mérité;
Car si de vous j'étois porté,
On me prendroit pour le Messie. (*a*)

(*a*) Allusion à la bête asine qui portoit le Messie, entrant à Jerusalem.

Traduction.

Mi Domine, est quare per me tibi gratiæ agantur,
Sed fateor, tanta minimè sum dignus honore,
Non unquam patiar facias mihi quod mihi spondes,
Nam si tu me gestares, ego christus haberer.

INPROMPTU A MADAME DE...

Que me veut donc cette importune ?
Que je la compare au soleil !
Voilà ce qu'ils ont de pareil.
Il est commun, elle est *commune,*

Traduction.

Hæc mulier gravis, importunaque quid sibi poscit?
Vult illam nos tentemus componere soli!
Tentandum, illius fiat completa voluntas,
Sol res communis, *communis femina* et *illa* est,
Hoc tantùm paritatis habent sol, æmulaque ejus.

————————————————————

Nous croyons qu'aucune considération ne nous empêche de faire imprimer à la suite de notre *petit Recueil* la Requête que nous avons faite en cinquante-deux Vers Latins, pour être présentée au Corps-Législatif. Nous croyons-même que cette Requête sera placée convenablement après notre Opuscule en Vers Latins et en Vers François. Au lieu de la traduire, il suffira d'avertir qu'elle est expositive des Titres anciens et nouveaux, par lesquels l'Auteur pense être autorisé à supplier les Représentans du Peuple souverain de lui accorder une Récompense solide, moyennant laquelle il puisse jouir d'une heureuse tranquillité en terminant sa carrière laborieuse, qu'il a consacrée toute entière à la meilleure Education de la jeunesse ; ce qu'attestent les divers ouvrages qu'il a donnés au Public pour cet effet. Ces ouvrages énoncés dans la Pétition sont :

1°. *Grammaire Françoise Philosophique*, petit volume in-douze, en 1760.

2°. *Les Vies des Hommes et des Femmes illustres d'Italie, depuis le rétablissement des Sciences et des beaux-Arts*, un volume in-douze, en 1762.

3°. *Essai sur les Idées universelles et les deux Minérves*, deux petits volumes in-octavo, en 1763 et 64.

4°. *Porte-Feuille Hebdomadaire*, Journal de Littérature universelle, trois forts volumes in-octavo, en 1770.

D

5°. *Observations sur Boileau , sur Racine , sur Crébillon , sur Voltaire et sur la Langue françoise en général* , un fort volume in-octavo, en 1771.

6°. *Remarques sur la Grammaire Françoise* de Wailly, dixiéme Edition , petit volume in-douze , en 1787. Ces Remarques sont le dernier des titres anciens.

7°. *Petit Recueil de Vers François et de Vers Latins rélatifs à notre Révolution Philosophique* , petit volume in-octavo, en 1799 , an 7 de la République françoise. A ce seul Recueil composé de cinq cents Vers se réduisent les titres nouveaux d'après lesquels le Grammairien, toujours Philosophe , quelquefois Poëte François, quelquefois Poëte Latin, espère qu'il trouvera dans le Peuple souverain, dont il fait partie, un sage et généreux Rémunerateur.

PETITIO SUPPLEX

GALLICÆ REIPUBLICÆ CORPORI LEGISLATIVO REVERENDO ADMODUM , AC COLENDISSIMO , QUANTUM, QUANTUM EST , EMISSA.

Legislatores, hic fas sit promere vobis
Quot sint, ac quales tituli veteresque, novique,
Auxilii donant nobis qui jura petendi.
Grammaticam pepigi sophicam de nomine dictam.
Usque sui totam mensuram nominis implens
Nostrum gallorum sermonem illuminat illa,
Est nova, Grammaticam nullam est imitata priorem,
Utilis in primis cùm sit, nec mole laboret,

Me solidâ tandem petit hæc mercede beari.
Utile cum dulci junxere diaria nostra
Lectorem delectando, pariterque monendo
Judicii quænam, quænam sit regula morum.
Tùm bona, tùm mediocria, tùm mala scripta colore
Quæque suo proprio depinximus omnia semper,
Nîl dantes odio, tribuentes nîl et amori,
Justitiæ unius semper nos semita duxit.
Sunt quatuor vates nostratis gloria pindi,
Quos equidem summos, homines tamen esse putando,
Ponimus in trutinâ, et cum libertate notamus,
Ne mendis addat mendorum imitatio fallax;
Optimi enim vatis nunquam sunt optima cuncta,
Semper, qui minimis vitiis patet, optimus ille est.
Hæ chartæ nostræ quæ quinque volumina condunt,
Annua sollicitant nobis ut pensio detur.
Contigit et nobis quasdam describere vitas
Haustas Italico in fonte, ac præclara sonantes,
Atque duos sophiæ articulos attingere strictim.
Hæc tria quinque voluminibus sunt digna ligari.
Octo volumnibus bona præfuit usque Minerva.
Grammaticæ postremo Wailly quam legimus æque,
Addidimus notulas rectas, duras, sed honestas,
Quas nos edidimus chartarum hæc chartula nona est,
Antiquis finem titulis hæc chartula ponit.
Tales sunt tituli veteres qui præmia poscunt,
Condidit hos omnes simplex oratio prosa.
Postremum, atque novum titulum quingenta crearunt
Carmina quæ semper conjungunt utile dulci.

Horum dimidium produxit gallica musa,
Dimidium remanens generavit musa Latina.
Proderit, ac delectabit quoque Phœbus uterque,
Doctrinæ et morum Phœbus tutela futurus.
Pensio donetur nobis, Respublica vivat !
Atque omnes vivant illam qui legibus æquis,
Et statuunt, et compescunt, et moribus ornant !

      Joannes Petrus Daçarq
    Integer vitæ, scelerisque purus,
       Judex denique,

Post decimum lustrum qui jam sex lustra peregit
Pro studiis juvenam primoribus usque laborans,
Motibus excelsis dives, ditissimus ille,
Sed nummis, sed agris pauper, pauperrimus idem,
Cives præclari, cui jupiter esse potestis;
Magnanimi cives, cui jupiter esse velitis !!!
Dicatis, fiat sicut tua vota requirunt,
Hæc in perpetuum reddent me dicta beatum.

      Soit fait ainsi qu'il est requis;
En prononçant ces mots, chers frères, chers amis,
Mes vœux, mes justes vœux vous les aurez remplis.

A St.-Omer, rue de la Constitution an 7 de la République.

A S. Omer, de l'Imprimerie de FERTE,
an 7.

ERRATA.

Première page, au lieu de belles-Lettres *françoise*, lisez : françoises.

Pag. 5, au lieu de *le précieux don*, lisez : le plus précieux don.

Pag. 10, *debetetur*, lisez : debetur.

Pag 11, *genuus*, lisez : Ingenuus.

Pag. 22, *Excavacernnt*, lisez Excæcaverunt.

Pag. 23, *demici*, lisez : decimi.

Pag. 24, Sed fateor, *tanta*, lisez : tanto.

Même page, le dernier Vers François doit être l'avant-dernier.

Page 28, Pro studiis *juvenam*, lisez : juvenum.